잘
지
내
니

KB191789

# 잘 지내니

톤 텔레헨 소설 — 정유정 옮김 — 김소라 그림

POST OFFICE

arte

# 1

다람쥐는 우울했다. 바람은 그저 스쳐 지나갈 뿐, 반가운 편지 같은 건 전해 주지 않았다.

아무도 내 생각을 하지 않는구나. 다람쥐는 생각했다. 정작 나는 수많은 동물들을 생각하고 있는데. 개미, 하마, 모기 심지어 수달과 사자, 까치, 곰, 말벌, 코끼리 그리고 쥐도 생각하고 있다. 다람쥐는 정말 모든 동물들을 생각했다. 지금껏 생각해 보지 않았던 동물이 있을까 싶을 만큼.

내 생각은 여태껏 누구도……. 그때 어떤 목소리가 들려왔다. 다람쥐는 놀라 밖을 내다봤다. 빗방울만 떨어질 뿐 아무도 보이지 않았다.

"거기 누구니?" 다람쥐가 불러 보았다.

"여기야, 여기." 누군가가 대답했다.

"어디? 아니 그러니까, 누구니?" 다람쥐가 다시 외쳤다.

"나 여기 있어."

"여기라고?"

그때 다람쥐는 문 옆, 어두운 구석에, 푹 웅크리고 있는 부엉이를 발견했다.

"오, 너였구나." 다람쥐가 말했다.

"이것 봐. 내가 몇 날 며칠 널 생각하는 동안, 넌 나를 떠올려 본 적조차 없었던 거야!" 부엉이가 말했다.

"내 생각을 했다고?"

"그래, 네 생각! 여기 한번 봐." 부엉이가 날개를 펼쳐 보였다. 다람쥐는 부엉이의 한쪽 날개에서 다른 쪽 날개까지 이어진 글을 죽 읽어 보았다.

안녕 다람쥐야

잘 지내니? 나는 잘…… 아니 사실은, 네가 내 생각을 전혀 안 하니까 그다지 잘 지내는 것 같지 않아.

한 번씩 내 생각을 하긴 하니?

그럼 안녕!

— 부엉이가

그러고서 부엉이는 날개를 접어 몇 번 슥슥 비비더니 다시 펼쳐 보였다. 안쪽이 하얗게 지워져 있었다. 부엉이가 진지하고 기대에 찬 눈빛으로 다람쥐에게 나뭇가지를 건네자, 다람쥐는 이렇게 썼다.

친절한 부엉이에게

있잖니, 나 네 생각을 조금씩이라도 꼭 해야겠어. 그러니까 지금부터라도 말이야.

왜냐하면 넌 너무 친절하고 사랑스러우니까.

9

나한테 금방 또 편지할 거지?

안녕!

— 다람쥐가


　부엉이는 다람쥐의 편지가 지워질까 조심스레 날개를
접고 높이 날아올랐다. 다람쥐는 집으로 들어가 창문 앞
의자에 앉았다. 잠시 생각에 잠길 모양이다.

## 2

어느 날 하마가 회색인 데다가 거추장스러워 보이기까지 하는 자신의 모습이 지겨워 메뚜기에게 서로 몸을 바꿔 보지 않겠느냐고 제안했다.

"그래, 좋아." 메뚜기가 대답했다. 메뚜기도 한번쯤은 살집 있고 넉넉해서, 바람에 날아갈 걱정 따위는 할 필요가 없어지면 좋을 것 같았다. 게다가 하마가 되면 케이크나 사탕, 꿀같이 달콤한 것들을 더 많이 먹을 수 있을 테니, 그런 경험도 한번쯤 해 보고 싶었다.

그렇게 둘은 서로 몸을 바꾸었다.

화창한 날이었다. 해가 하늘 높이 떠 있고, 이따금 왜가리와 백조, 독수리가 하늘을 날았다.

"와, 정말 너무 좋다." 하마가 말했다. 그러면서 조심스레 날개를 뒤로 접은 채, 숲길에서 사뿐히 춤을 추기도 했다. 몸이 이렇게 가벼울 수가……. 폴짝 뛰어 덤불 위로도 날아 보았다. 자작나무 아래 햇볕 드는 곳에 앉아 날개를 쭉 펴고 등에 햇살도 쐬었다. 하마는 이렇게 잠시 앉아 있어야겠다고 생각했다.

잠시 후 개미가 길을 가다 앉아 있는 하마를 보았다.

"안녕, 메뚜기야." 개미가 말을 걸었다.

"하하." 하마가 웃었다. "그래 이해해, 네 눈에는 내가 메뚜기로 보이는 게 당연한지. 그런데 사실 난 메뚜기가 아니라 하마란다."

개미가 눈을 비비고 다시 한 번 쳐다보았다. 그리고 목소리를 가다듬고 물었다.

잘 지내니

"오, 그러니까 네가 하마라고……?"

"응." 하마가 더듬이를 쏙 집어넣고 초록 외투의 단추를 잠그며 말했다. "사실은 내가 메뚜기하고 몸을 서로 바꾼 거야."

"정말?" 개미가 다시 한 번 물었다.

"정말이야!" 하마가 찌르륵찌르륵 대답했다. "내 말 좀 믿어 줘, 개미야."

개미는 어떻게 대꾸해야 할지 몰라 그냥 가던 길을 가 버렸다. 갑자기 하마는 무척 우울해졌다. 안개 속에 있는 것 같았다. 난 진짜 하마라고! 메뚜기가 되길 기대했지. 아니 어쩌면 이미 메뚜기가 되었다고 생각했는지도 몰라. 그런데 아니었어. 난 그냥 하마였어. 게다가, 이 외투 좀 봐. 제대로 잠글 수도 없잖아. 그리고 이 더듬이, 도대체 이걸로 뭘 더듬어야 하지? 하늘? 하마는 더듬이로 하늘을 찔러 보았다. 그래, 하늘이구나. 그런데 하늘은 이미 눈으로도 보이잖아. 도대체 하늘에 또 뭐가 있다고?

하마가 투덜대며 강을 향해 날기 시작하기까지는 그리 오래 걸리지 않았다. 마침 숲가에서 기다란 이빨로 풀을 뜯던 메뚜기와 아슬아슬하게 부딪힐 뻔했다.

"이걸 내가 지금 맛있다고 먹고 있는 거야? 정말 끔찍하다." 메뚜기가 말했다.

"그게 말이야……. 정말 멋져 보여, 그 풀. 그런데 지금은 이상하게도 전혀 먹음직스럽지가 않다." 하마가 말했다.

둘은 짜증이 난 눈으로 서로를 바라보았다. 하마는 외투를 제대로 여며 보려고 단추를 찾아 댔고, 메뚜기는 몸을 긁적여 보려 했지만 결코 손이 닿지 않았다.

"음, 있잖아…… 우리 그냥 다시……." 하마가 말을 꺼냈다.

"응 그래, 좋아." 메뚜기가 대답했다.

무슨 말을 하려는지 서로 알아채고, 잽싸게 다시 몸을 바꾼 뒤 정성스레 악수를 나눴다.

"정말 고마웠어."

"나도 고마웠어."

그렇게 메뚜기는 휙 날아갔고, 하마도 만족스러워하며
강으로 뛰어들었다.

# 3

남의 눈에 띄는 것만 빼고는 뭐든 하고 싶어 하는 등점박이 말파리가 있었다. 눈에 띄는 것만큼은 끔찍이도 싫었다.

어디서든 뒤에만 서 있었고, 생일파티에는 늘 늦었지만, 그렇다고 절대 마지막으로 나타나는 일도 없었다. 가능한 한 어두운 구석에 앉아 있다가 언제나 일찍 자리를 떠났지만, 그렇다고 제일 먼저 일어나는 일도 결코 없었다. 절대로 큰 소리로 노래하거나 질문하지도 않았고, 마찬가지

잘 지내니

로 편지를 쓰는 일도 없었다.

그가 사는 집은 아무도 볼 수 없는 사시나무 잎 사이에 있었다. 누군가 어디 사는지 물어도 또렷이 알아들을 수 없게 어디어디라고 들릴 듯 말 듯 중얼대며 넘어가곤 했다.

어디가 아프기라도 하면 입술을 꽉 깨물고, "아야." 하는 소리조차 내지 않았다.

자주 손을 비벼 대긴 했지만 언제나 살살 조심스러웠다. 혹여 누군가 그 소리를 듣고서 쳐다보는 것을 원치 않았기 때문이다.

그럼에도 불구하고 등점박이 말파리는 어째 항상 눈에 띄었다.

친구들은 그를 발견하면 깜짝 놀라며 말했다.

"안녕, 등점박이 말파리야, 잘 지내지?"

"이게 누구야, 등점박이 말파리네, 아이고 반갑다!"

어느 날 그가 묘책을 생각해 냈다. 모두가 쳐다볼 만큼 아주 특이한 모자를 만들어서 써야겠어. 만약 그 모자가

시선을 끌면 정작 나는 눈에 들어오지 않겠지.

정말 훌륭한 방법이라고 생각하며 혼자 조용히 기뻐했다.

등점박이 말파리가 모자를 만들어 머리에 썼다.

어디서도 본 적 없는 독특한 모자였다. 눈을 가릴 정도로 모자를 푹 눌러쓴 등점박이 말파리가 앉아 있는 가시나무 아래로 동물들이 사방에서 떼를 지어 몰려들었다.

"정말 특이한 모자다!" 모두들 외쳤다.

동물들은 모자를 만져 보려 했고, 등점박이 말파리는 전혀 내키지 않았다. 결국 작은 안내판을 모자에 걸었다.


**진귀한 모자니까**
**만지지 마세요.**


어떤 동물들은 모자에 코를 대고 킁킁대며 냄새를 맡거나, 귀를 가까이 대기도 했고, 간혹 존재하는 모든 모자가 담긴 두꺼운 백과사전을 들고 와 설쳐 대기도 했다. 물론 그 모자는 백과사전에도 나오지 않을 정도로 독특했다.

"대단한 모자야, 대단한 모자!" 메아리가 울려 퍼졌다.

모자 밑에 몸을 숨긴 등점박이 말파리는 얼굴부터 시작해 급기야 몸 전체를 모조리 숨겨 덮어 버렸다. 아무도 그를 볼 수 없었고, 누구도 그를 생각하지 않게 되었다.

어느 가을날 오후, 드디어 그는 편안히 눈을 감고 잠들 수 있었다. 그를 감싸고 있는 모자가 햇빛에 눈부시게 반짝거렸다.

# 4

생일을 맞은 사자가 귀뚜라미에게 슬픔이 가득 담긴 상자를 선물로 받았다.

사자는 선물 상자를 풀자마자 흐느끼기 시작했다.

아이코, 실수했구나……. 귀뚜라미는 앞다리로 자기 눈을 때리며 땅에 납작하게 엎드렸다.

원래 귀뚜라미는 상자를 두 개 가지고 나왔다. 하나에는 사자를 위해 준비한 반짝이는 초록 외투가 있었고, 다른 하나에는 강에 내다 버릴 슬픔이 가득 들어 있었다. 그

　　잘 지내니

런데 실수로 그만 초록 외투가 든 선물 상자를 버렸던 것이다.

하지만 이미 늦었다. 사자는 참나무 아래 모퉁이에 앉아 펑펑 울면서, 찾아온 손님들에게 돌아가라고, 자기 생일 따윈 잊어버리라고 했다. 귀뚜라미가 사자에게 준 슬픔은 아주 큰 것이었다.

"슬픔을 가눌 수가 없어. 아, 이렇게 슬플 수가……." 사자는 계속 울었다.

귀뚜라미는 눈을 크게 뜨고 사자를 바라보며 말했다.

"사자야, 미안해, 정말 미안해……."

슬픔은 아주 컸지만 온화하기도 했다. 사자는 갈기를 흔들며 한숨을 들이쉰 다음, 볼에 흐르는 눈물방울을 꼬리로 털어 냈다.

"너도 할 수 있는 게 없잖니, 귀뚜라미야. 그 누구도 어쩔 수 없는 거야, 그 누구도……." 사자는 흐느끼며 말했다.

귀뚜라미는 강을 따라 집으로 돌아가면서 왜 이렇게 멍

청할까 한탄했다. 상자가 바뀐 걸 몰랐어. 알았다면 멍청한 것도 아니겠지. 그는 이맛살을 찌푸렸다. 그런데 멍청하지 않았어도 모를 수 있었을 거야. 그는 서서 잠시 깊이 생각하다 다시 진지하게 걸어갔다.

강굽이에서 백조가 두꺼운 초록색 외투를 입고 헤엄치고 있었다.

"이거 그냥 강에 떠다니더라! 정말 우아하지 않니?" 백조가 귀뚜라미에게 외쳤다.

귀뚜라미는 땅만 쳐다보며, 입을 굳게 다문 채 계속 걸었다.

"이제 모자만 하나 있으면 돼! 깃털 달린 빨간 모자. 내 생일선물로 말이야. 그럼 난 정말 아름다워질 거야……" 백조가 마냥 행복해하며 외쳤다.

덤불로 들어서며 귀뚜라미는 생각했다. 이제부터 슬픔은 끝나는 즉시 없애 버려야겠어. 그나마 분노 상자를 갖고 있지 않았던 게 얼마나 다행인지 몰라. 그것도 버리

려던 참이었는데, 만약 실수로 사자가 그 상자를 받았다면……

귀뚜라미는 집에 도착하자마자 오래된 분노 상자를 가져와 열고, 그 속에 담긴 분노를 수천 조각으로 갈기갈기 찢어 하나하나 땅에 묻었다.

만약 누군가 그 분노 조각을 발견하더라도 조금은 화가 날 수 있겠지만, 결코 크게 분노하거나 격노하지는 않도록.

# 5

다람쥐는 아파서 이불 속에 덜덜 떨며 누워 있었다. 병에 대해 잘 안다고 확신하는 개미가 찾아와서 다람쥐의 귀를 살펴보았다. 그리고 멀리 뭐가 빨간 것이 보이는데, 보석같이 반짝인다고 했다.

"보석일까?" 개미가 궁금했다.

"그런데 귀는 아프지 않아." 다람쥐가 말했다. 그러고는 다시 이불 속으로 기어 들어갔다.

잠시 뒤엔 귀뚜라미가 진지한 얼굴로 다람쥐 꼬리 끝을

꼬집었다.

"아야!" 다람쥐가 소리 질렀다.

"아하! 여기네." 귀뚜라미가 말했다.

그러나 다람쥐는 고개를 저으며 개미와 귀뚜라미에게 그냥 가 보라고 했다.

따뜻한 침대 속에서 그렇게 한참을 혼자서 떨며 누워 있었다. 어느덧 어두워졌다. 다람쥐는 깜빡 잠들었다가 누군가 문을 두드리는 바람에 놀라 잠에서 깼다.

"거기 누구예요?" 다람쥐가 물었다.

"저예요." 누군가 대답했다.

"누구요?"

"저요."

누군가 안으로 들어왔지만 너무 어두워 보이지 않았다.

"누구세요?" 다람쥐가 물었다.

"저예요." 같은 목소리가 다시 대답했다. 다람쥐는 여전히 그 목소리가 누군지 알아차리지 못했다.

"뭘 원하시는 건가요?"

"여행을 가야 해요. 당신은 이제 아픈 것도 지겨운 상태니까요."

"전 전혀 여행을 가고 싶지 않아요. 저에게 좋을 리가 없잖아요?" 다람쥐가 말했다.

"가야 해요." 다시 그 목소리가 대답했다.

열린 문으로 들어와 침대로 들이치는 세찬 바람이 느껴졌다. 다람쥐는 높이 떠올라 바람에 쓸려 갔다. 하늘 위를 날며 저 아래 노란색 점으로 보이는 달과 반짝이는 수천 개의 별들을 보았다. 이상한 휘파람 소리가 들려왔고, 친구들의 말이 조각처럼 휘파람 소리를 내며 끊어지곤 했다.

"…… 집에 없네, 방금까진……." 개미의 목소리.

"…… 어쩌면 기린에게……." 귀뚜라미의 목소리.

"…… 바다에 갔나 보다, 바다에……." 코끼리의 목소리.

"…… 드디어 마술을 배웠나 보다……." 벌새의 생일, 아니 향유고래의 생일에선가 딱 한 번 들어 본 적 있는 카멜레온의 목소리.

다람쥐는 더 이상 말소리를 알아들을 수 없었다. 휘파람 소리는 점점 더 커졌다. 그리고 어느 아름다운 가을날 이른 아침에 부드러운 쿵 소리와 함께 너도밤나무 아래 이끼 위로 떨어졌다.

개미가 이미 그의 옆으로 잽싸게 다가와 서 있었다.

"너 침대에서 떨어졌구나." 개미는 진지한 얼굴로 물었다. "그뿐만이 아닌 것도 같고." 그가 덧붙였다.

"기적이야." 달려오느라 숨이 차오른 귀뚜라미가 말했다. "이 정도로 끝난 게 말이야."

다람쥐는 고개를 끄덕였다. 뒤통수에 혹이 나서 아픈 것만 빼면 딱히 불편한 데도 없었다.

잘 지내니

# 6

"다들 내가 어디 사는지 모르는 거야!" 고슴도치가 외쳤다. 그러곤 이마를 탁 쳤다. "아, 그래서 내가 편지를 한 통도 못 받는 거구나!"

그는 덤불 아래, 방구석에 앉아 외로운 자신에 대한 생각에 빠졌다. 누군가가 보고 싶은 건 아니고, 누군가로부터 무슨 소식이든 듣기를 바랄 뿐이었다.

고슴도치는 갑자기 뭔가 할 일이 생각났는지 자리에서 일어났다. 등의 가시를 세운 다음 덤불에서 멀지 않은 자

잘 지내니

작나무로 갔다. 그리고 제일 뾰족한 가시로 나무껍질을
긁었다.


　　나에게 보내는 편지는

　　이곳에 두세요.

　　— 고슴도치


　편지를 두고 갈 곳 쪽으로 작은 화살표도 그렸다. 바로
자작나무 아래 이끼 속.

　고슴도치는 만족스러워하며 집으로 돌아갔다. 그러나
문득 몇몇은 편지를 보낸 다음 답장도 기다리지 않고 멋대
로 자기 자신을 고슴도치 집으로 초대한다든지, 그냥 불쑥
찾아올지도 모른다는 생각이 들었다. 고슴도치에게는 지
나친 일이었다. 지나치지 않고 적당한 일이 정확히 어느 정
도인지는 알 수 없었다.

　고슴도치는 다시 자작나무로 돌아가 자신이 쓴 안내문

에 추신을 덧붙였다.

**찾아오지 말고**
**편지만 두고 가세요.**

그리고 잠시 후 거의 집에 도착할 무렵, 편지는 대부분 생일이나 파티에 초대하는 내용일 거라는 생각이 들었다. 고슴도치는 서둘러 자작나무로 뛰어가 새로 추신을 썼다.

**초대장은 말고 편지만.**

고슴도치는 만족스럽게 손을 비비며 집으로 돌아갔다. 내일 아침 일찍 편지가 온 게 있는지 확인해 봐야겠다고 생각했다.

그날 오후에 다람쥐가 우연히 자작나무를 지나다가 고슴도치의 안내문을 보았다.

다람쥐는 고슴도치를 한번 찾아가야겠다고 생각했다. 뭐든 할 말이 없을까……. 그리고 내일 내 생일에 온다면 정말 좋겠다!

그러나 그 아래 추신을 보고 그러면 안 된다는 걸 알게 되었다.

다람쥐는 부러진 자작나무 껍질을 집어 들고 한참을 생각한 뒤 이렇게 썼다.


사랑하는 고슴도치야

안녕!

— 다람쥐가


더 이상 생각나는 말이 없었다. 사실 편지 같지도 않은 편지라는 생각이 들었다. 그래도 편지가 하나도 없는 것보다는 낫겠다 싶어, 자작나무 아래 이끼 속에 편지를 두었다.

그리고 다음 날 아침 고슴도치가 편지를 발견했다.

편지를 읽자마자 눈물이 흘렀다. "사랑하는 고슴도치"를 읽고 또 읽었다. 사랑하는 고슴도치, 사랑하는 고슴도치. 그래 나는 사랑하는 고슴도치야.

그리고 잊지 않기 위해 편지를 이마 제일 아래에 있는 가시에 찔러 두었다. 바로 눈앞에 편지가 걸려 있어, 그가 사랑하는 고슴도치라는 데에 의심이 생길 때마다 볼 수 있도록.

편지를 받는다는 건 얼마나 기쁜 일인지, 고슴도치는 그날 밤 덤불 아래, 방 침대에 누워 생각했다. 그러고는 다람쥐의 시끌벅적한 생일파티 소음에도 방해받지 않고 잠이 들었다.

# 7

흰개미는 모든 게 불필요하다고 생각했다.

방에 서서 식탁을 쳐다보았다. 쓸모없는 식탁이라고 생각하며 당장 들어 올려 내다 버렸다.

흰개미는 다시 안으로 들어가 의자들을 쳐다보았다. 저것들은 이제 더더욱 쓸모가 없겠군. 의자도 내다 버렸다.

온종일 분주하게 옷장이며, 침대며, 창문, 문, 벽, 천정, 지붕, 바닥 등 조금이라도 쓸모없다 싶은 것들을 모조리 내다 버렸다.

결국 덩그러니 혼자만 남게 되었다. 자기 몸마저 버리려고 들어 올려 보았지만, 바닥에 넘어지고, 다시 일어나고, 또다시 넘어지기를 반복할 뿐이었다. 흰개미는 자기 자신이 완전히 쓸 데 없지는 않은 것 같다고 생각했다.

흰개미는 누워서 위를 쳐다보았다. 햇빛이 비치고 하늘은 파랬다. 태양과 하늘마저도 내다 버리고 싶었다. 너무 쓸모가 없어. 그러나 그건 너무 어려운 일이었다.

그는 아무것도 안 보이게 차라리 눈을 감아 버렸다.

그렇게 누워 있는데 어떤 목소리가 들려왔다. 벌떡 일어나 어디론가 숨어 버리고 싶었지만 숨을 곳을 찾지 못했다. 다락방도, 어두운 모서리도, 비밀 은신처마저도 이미 모두 버렸기 때문이다.

"축하해, 흰개미야!" 여러 목소리가 들려왔다. "진심으로 축하한다!"

흰개미를 찾아온 동물들이었다.

한숨이 나왔다. 그러고 보니 내 생일이었군. 하나도 쓸모

없는 생일!

　동물들은 흰개미를 에워싸고 선물을 건네주고, 기분 좋게 어깨를 툭툭 쳤다. 흰개미는 고개를 끄덕이며 선물들을 바라보았지만 이내 전부 내다 버렸다.

　매번 고맙다고는 했지만, 그 인사조차 진심으로 쓸모없다는 생각이 들었다.

　동물들은 흰개미에게 축하인사를 건네며 선물을 주고 나서는 눈썹을 이리저리 치켜 올리며 흰개미를 쳐다보았다.

　"뭐?" 흰개미가 물었다.

　동물들은 아무 말도 하지 않고 그저 눈썹만 계속 올렸다 내렸다 했다. 그제야 알아챘다. 케이크. 그들은 케이크를 기다리고 있다.

　흰개미는 재빨리 모래와 공기로 케이크 비슷한 것을 구워서 동물들에게 내주었다.

　아무것도 아닌 뭔가로 구워 낸 케이크였지만 모두들 한 조각씩을 들고서 말했다.

"정말 맛있는 케이크다, 흰개미야."

그들이 맛을 보기도 전에 삼켜 버린 것은 그저 얇은 부스러기 그 이상도 아니었는데.

동물들은 춤까지 추었다. 귀뚜라미가 흰개미에게 춤을 청하고는 그의 허리에 팔을 둘렀다.

"이렇게 같이 춤을 추니까 정말 좋다, 흰개미야." 귀뚜라미가 속삭였다.

"쓸 데 없이 춤이라니."라고 말하고 싶었지만, 자신의 마음이 콩닥거리는 것도 진심으로 쓸 데 없다고 생각했지만, 흰개미는 말했다.

"그러게, 이렇게 같이 춤을 추니까 참 좋네, 귀뚜라미야⋯⋯."

그래, 그게 진심이었어. 흰개미는 그런 말을 하고는 스스로도 놀랐다. 그러는 동안 해가 지고 하늘에서는 별들이 반짝거렸다. 흰개미는 기뻤다. 다행히 아무도 별을 내다 버릴 생각을 하지 않아서.

잘 지내니

# 8

어느 날 귀뚜라미는 가능한 한 많은 일을 미리 계획해 보기로 결심했다. 그렇게 하면 시간을 전부 실행하는 데만 쓸 수 있을 테니까. 목소리를 가다듬고 많은 일을 계획하기 시작했다.

— 절대 두려워하지 않기.
— 한 번은 진실을 말하기. 하지만 누구에게? 딱정벌레?
  그럼 딱정벌레에게 어떤 진실을 얘기해야 하지? 그런

데 진실이 뭐지?

그래도 귀뚜라미는 계획을 세웠다. 일단 계획부터 하고
보자.

— 한 번은 누군가의 능력을 뛰어넘어 보기. 예를 들어,
  개구리의 개굴개굴 울기, 곰의 게걸스럽게 먹기, 혹
  은 개미의 모든 걸 알아내기.
— 한 번은 강이 생겨날 정도로 펑펑 울기.(슬픈 일로는 말
  고, 그냥 이유 없이) 여름에 해가 뜰 무렵 거기서 작은
  배로 항해하기.
— 한 번은 길 잃고 헤매 보기. 나는 한 번도 길을 잃어
  본 적이 없어. 내가 어디 있는지 항상 알고 있지. 돌
  아가는 길도 잘 알고. 물론 돌아가는 길을 좋아하지
  는 않지만, 어디 있는지 알고는 있지.
— 한 번은 추위를 느끼지 않기. 그러면 펭귄을 만나러

갈 수 있을 거야. 외투를 입지 않고도.

— 한 번은 아주 아름답게 노래하기. 너무 아름답게 부른 나머지, 다들 혼란스러워 서로 머리 위로 올라서기도 하고, 외투를 바꿔 입기도 하고, 저녁에 아침 인사를 하거나, 달리지도 못하면서 달리려고 하고(예를 들어 달팽이) 내 노랫소리를 놓치지 않으려고 절대 잠도 안 자려고 하는 거지.

— 한 번은⋯⋯

귀뚜라미는 더 이상 계획이 떠오르지 않았다. 너무 많은 계획을 세우면, 전부 잊어버릴까 겁이 났다. 그러면 어떤 계획도 실행할 수 없게 되는데⋯⋯.

첫 번째 계획을 실행해 볼까. 그것만은 잘 기억하고 있었다. 절대 두려워하지 않기.

심호흡을 하고 주변을 둘러보니, 두려움이 사라졌다.

어느 봄날 아침, 깊은 숲속 라임나무 아래, 귀뚜라미의 눈에서는 용기가 뿜어져 나왔고, 두려움 없이 앞을 향해 한 걸음을 떼어 보았다. 이렇게 좋을 수가. 귀뚜라미는 깊이 감탄했다.

# 9

제가 생일 케이크를 굽다가 망쳤음을 전합니다.

그러니 제 생일에 오지 마세요.

그래도 생일선물을 주고 싶다면, 뭔가 용기를 북돋아 주

는 것으로 부탁합니다.

제가 거의 절망 직전이거든요.

— 큰개미핥기가


동물들은 숲 위로 피어오르는 거대한 연기 구름을 보

왔고, 그 직전에는 한참 동안 우르릉 쾅쾅 하는 소리와 한 번의 폭발음을 들었다.

그들은 서로를 쳐다보았다.

"그래, 케이크구나……."

동물들은 고개를 저으며 큰개미핥기와 그의 절망에 대해 생각했다. 그리고 제각기 뭔가 용기를 주는 걸 만들어 그에게 보내거나 그의 집 앞에 놓아두었다.

새까맣게 타 버린 케이크 연기로 자욱한 집 한가운데에서 선물을 풀어 본 큰개미핥기는 한참 동안 우두커니 서서 말을 잇지 못했다.

그러고는 눈물을 쏟아 냈다. 그날 저녁 큰개미핥기의 절망은 아주 천천히 멀어져, 수평선 너머 관목 숲으로 사라져 갔다. 다람쥐에게서 받은 '용기를 북돋는 생각들'이 떠올랐다. 그리고 그날 밤 잠자리에 들기 전에는 잠시 차가운 마룻바닥에서 혼자 춤을 추며 스스로에게 말했다. "안녕, 큰개미핥기야. 안녕 안녕."

잘 지내니

잠시 후 머리 위로 이불을 뒤집어 쓴 채 생각했다. 좀 더 자주 뭔가를 망쳐야겠어……. 그러나 그 생각이 폭풍 치는 날에 속이 텅 빈 나무를 부수는 것만큼이나 이상한 생각이라는 것을 깨닫기도 전에, 눈꺼풀이 내려와 잠이 들어 버렸다.

# 10

숲 한가운데 웅덩이가 있었다. 어느 날 아침 코끼리, 다람쥐, 거북이가 웅덩이 가장자리에 모여 앉았다.

코끼리는 나무껍질에 큰 글씨로 **위쪽으로**라고 썼다. 거북이는 등딱지 가장자리로 땅을 딛고 일어서 보려고 했다. 다람쥐는 노란색 모자를 머리에 썼는데, 너무 작아서 매번 튕겨져 나갔다.

"우리 하늘에 올라가 보자. 그리고 어디론가 사라져 버리는 거야……." 코끼리가 말했다.

그는 이미 마지막 글자인 **로**까지 다다른 다음, **위쪽으로** 옆에 화살표를 하나 넣어서 표지판이 어디를 향하는지 알 수 있도록 할까 생각 중이었다.

거북이는 간신히 등딱지 가장자리로 서서는 속삭였다. "쉿. 지금은 아무 생각도 말자……."

그런데 다람쥐는 모자를 벗어 놓고 오들오들 떨면서 말했다. "우리 지금이 여름이라고 생각하자."

"그거 좋은 생각이야." 모두 대답했다. 모두들 여름을 좋아했고, 언제나 여름이기를 바랐다.

"난 지금 막 폭염이 왔다고 생각하는 중이야." 코끼리가 말했다.

거북이는 그사이 이마에 땀이 난 것을 깨닫고, 등딱지를 똑바로 펴고 엎드렸다.

"나는 이 웅덩이가 수영장이라고 생각해 볼래." 다람쥐가 웅덩이를 가리켰다.

"조심해!" 코끼리가 외쳤다. 상상 속 수영하는 동물들을

향해 몸을 획 돌리더니 코로 날카롭게 휘파람을 불었다. 거북이는 웅덩이 건너편 그늘진 곳에, 더듬이를 조심스레 물에 찔러 넣고 있는 달팽이가 보인다고 상상했다.

자신들이 안전요원이고, 모두들 웅덩이에서 수영을 하고 있다고 그들은 상상했다. 딱정벌레, 고슴도치, 코뿔소, 사자, 심지어 땅에서 기어 나온 두더지 등등. 그들은 두더지가 "나 완전 푹 익은 것 같아!" 하고 소리치고는 첨벙첨벙 이상하게 물속으로 뛰어드는 상상을 했다.

"다들 다이빙을 하고 싶을 거야." 거북이가 말했다.

그들은 작은 나뭇조각을 가져다 웅덩이 가장자리에 놓고 다이빙대를 만들었다.

"진짜 파도를 원할지도 몰라." 코끼리가 말했다.

그들은 덤불에서부터 물을 밀어 파도를 일으켰고, 웅덩이 바닥에서도 파도가 일게 했다.

"그리고 다들 물이 반짝이길 원할 거야." 다람쥐가 말했다. 그러고는 땅 속에 비밀스럽게 묻혀 있던 조그마한 상자에서 빛을 꺼내 파도 위에 흩뿌려 주었다.

"만족스러운가 봐." 코끼리가 말했다.

"그럼." 다른 둘이 대답했다.

그들은 누구도 익사하지 않도록 주의 깊게 살폈다.

추운 날이었고, 시간이 지나자 해도 어두운 구름 저편으로 숨어 버렸다.

"이젠 져 버렸다." 거북이가 말했다.

그들은 이맛살을 찌푸리며 고개를 끄덕이고선 파도를 안전하게 멈추고 빛과 다이빙대를 다시 거두었다.

그들은 이제 겨울이라고 생각했다. 그러자 바로 눈이 내렸다. 모두 오들오들 떨자, 코끼리가 외쳤다. "왜 항상 원하는 것만 생각할 수는 없는 걸까?"

아무도 말이 없었다.

시간이 좀 지나자 거북이가 목을 가다듬으며 말했다. "우리 생일이라고 상상해 볼까?"

잠시 후 그들은 생일을 맞았다고 생각하며 서로를 축하

해 주었다. 그리고 눈앞에 아주 거대한 케이크가 있고 설탕 눈이 내리고 게걸스럽게 먹어 대는 상상을 이어 갔다.

"이제 우리 다 행복하다고 생각하지?" 거북이가 조심스레 물었다.

"그럼, 행복하다고 생각해." 코끼리와 다람쥐가 대답했다.

# 11

펭귄이 생일날 아침에 편지를 받았다. 축하 인사겠지, 그래그래.

그러나 생일 초대를 받았던 동물들이 아쉽게도 참석을 못한다는 내용이었다. "당신 집이 위치한 곳의 날씨 상황 때문입니다."라고 쓰여 있었다.

날은 얼어붙고, 폭풍이 몰아치고, 새카만 하늘에서 무거운 얼음 조각이 펭귄에게로 세차게 떨어져 내렸다.

이곳 날씨 상황 때문에……. 펭귄은 생각했다. 그렇긴

하지! 여기 날씨가 세상에서 가장 아름다운 건 아니지. 눈이 오고, 얼어붙고, 폭풍이 불고, 춥고, 끔찍하고, 으스스하고, 살기 힘들고…… 또 뭐가 더 있어야 하지? 나한텐 모든 게 이렇게 완벽한데!

펭귄은 작은 얼음 언덕 위로 거칠게 올라가 폭풍을 얼굴로 맞으며 외쳤다.

"너희는 만족이라곤 모르지!"

그러나 아무에게도 이 말은 들리지 않았다.

좀 있으면 따뜻해지겠지. 그는 외투를 열어 눈을 맞았다.

펭귄은 거기 그렇게 앉아 생일을 보냈다. 얼음 케이크를 먹으면서 날카롭게 뭔가를 흥얼거렸다. 난 알고 있는데.

케이크를 먹어 치우고 뒤로 기대어 코를 얼렸다. 그렇게 점차 생일을 즐기기 시작했다.

아침이 끝날 즈음 그는 생각했다.

가끔은 정말 좋을 때도 있어.

펭귄은 자기도 모르게 벌떡 일어나 폭풍 너머로 소리

쳤다.

"가끔은 좋을 때도 있다고!"

얼마나 큰 소리로 외쳤는지 동물들은 멀리 숲속에서도, 심지어 사막과 바다에서도 그의 목소리를 들을 수 있었다.

모두들 눈이 휘둥그레져 서로를 쳐다보았다.

"아하 그래, 그러니까 가끔은 좋을 때도 있다는 거지." 아무도 그 사실을 몰랐었다. 그래서 이제 서로 악수를 하고 모험을 떠나기로 결심했다.

얼마 지나지 않아 온 세상이 춤과 먹을 것으로 넘치고 모두 행복해 보였다. 그리고 계속해서 누군가가 "가끔은 좋을 때도 있어."라고 하면 또 다른 이가 "지금처럼."이라고 답했다.

멋진 날이구나. 모두들 생각했다.

밤이 되자 멀리 북극에서는 눈 위로 펭귄 머리만 보였다. 날은 더 꽁꽁 얼어붙고, 폭풍이 다시 일었으나, 수만 개의 별들은 하늘에서 영롱하게 반짝였다.

잘 지내니

펭귄은 하늘을 바라보며 몸을 쭉 뻗고 외쳤다.

"일 년에 단 한 번이지만!"

펭귄은 이 말을 깜빡했던 것이다.

그러나 대부분의 동물들은 그때 이미 식탁 밑에 누워 있거나, 여전히 중얼대고 있었다. "가끔은 좋을 때도 있어." "지금처럼." 그다음엔 더 이상 아무 소리도 듣지 못했다. 펭귄이 외친 "일 년에 단 한 번이지만!"이라는 말을 들은 이도 무슨 의미인지는 알지 못했다. 아무 말도 아닐 거야. 이렇게만 생각할 뿐이었다.

# 12

다람쥐가 한밤중에 놀라서 잠에서 깼다. 꿈을 꿨나? 어떤 꿈이었는지 생각나진 않았지만, 뭔가 두려운 꿈이었던 건 분명했다. 춥지도 않은데 몸이 떨리며 이마와 목에 식은땀이 났다.

그는 꼼짝 않고 누워, 밖에서 나는 소리에 귀를 기울였다. 누군가 문을 두드렸을 수도, 아니면 멀리서 소리를 질렀을 수도 있다. 그러나 더 이상 아무 소리도 들리지 않았다. 다시 침대에 누워 봤지만, 이제 잠도 오지 않았다. 헤

아릴 수 없이 많은 생각이 스쳐 지나갔다. 어떻게 이럴 수 있지, 왜 이런 일이 일어났지, 나중엔 또 무슨 일이 일어날까? 답을 알 수 없는 질문들이었다. 특히 마지막 질문이 머리에서 떠나질 않았다. 나중에는 무슨 일이 일어날까?

다람쥐는 그 질문에는 해답 비슷한 것조차 생각해 낼 수 없었다. 나중이란 뭐지? 개미와 함께 이런 이야기를 나눈 적이 있었지만, 개미는 어깨만 으쓱하며 **나중**이란 건 들어 본 적도 없고, 어쩌면 아무것도 아닐 거라고 했다. 그러나 다람쥐에게는 충분하지 않았다. 고슴도치는 **나중**이란 **예전**의 반대라고 한 적이 있다. 그렇다면 **예전**은 뭐지?

어두운 밤이었다. 다람쥐는 창문을 열고 시커먼 하늘을 향해 코를 킁킁대며 여기저기, 어쩌면 구름 사이에 있을지 모를 별을 찾아보았다.

다람쥐는 생각했다. 이 밤에 하늘을 마주하고 창가에 서 있는 건 바로 지금, 그러니까 나는 그저 현재에 있는 거라고. 어쩌면 개미가 맞을지도 몰라. **나중**은 아무것도 아닌지도. 그러면 아무것도 아닌 것의 반대는 뭐지. 무엇인가? 아니면 아무것인가? **예전**이라는 것이 존재하긴 했을까, 아니면 존재하지도 않았나? 게다가 모두 자고 있는데 왜 나만 혼자 이런 생각을 하며 잠을 못 자는 걸까?

다람쥐는 깊은 한숨을 내쉬었고 그 한숨으로 너도밤나무 잎이 하늘로 날려 올라갔다. 잎이 바스락대며 멀리 날아가는 소리가 들려왔다.

다람쥐는 다시 생각했다. 나는 바로 지금 존재할 뿐인데. **나중**으로는 가 본 적이 없고, **예전**으로는 돌아갈 수 없어. 다람쥐는 항상 자기 자신보다 앞서 나갔던 생각들을 더 이상 좇을 수가 없게 되자 오히려 만족스러웠다. 그는 다시 침대로 돌아가 이불을 덮으며 중얼거렸다. "**지금**이 아니면 아무 때도 아닌 거야." 그러고는 곧바로 잠이 들었다.

# 13

큰개미핥기는 자기 자신이 너무 불만스러워 동물들에게
편지를 썼다.

친애하는 동물들에게
제발 나를 잊어 주겠니?
최대한 빨리 부탁해.

— 큰개미핥기가

　　　　　잘 지내니

편지를 읽은 동물들은 모두 한숨을 내쉬며 몇 번 머리를 끄덕이고는 큰개미핥기를 잊기 시작했다.

여기저기서 손으로 머리를 감싸고 앉아 애써 그의 생각을 지워 보려고 했다.

숲속에 정적이 흘렀다. 누구도 더 이상 노래하지 않았고, 윙윙거리지 않았으며, 꽥꽥거리거나 으르렁대지도 않았고, 더 이상 무언가를 축하하지도 않았다.

이따금씩 서로 눈이라도 마주치면 작게 속닥거렸다.

"벌써 어느 정도는 잊은 것 같아."

"누구 말이니?"

"음, 그러니까…… 왜 있잖아……." 더 이상 생각이 나지 않았다.

저녁이 되자 거의 모두가 큰개미핥기를 잊게 되었다.

그러나 귀뚜라미는 계속 큰개미핥기를 생각하며 외쳤다.

"나는 너를 잊을 수 없어!"

"누구를 못 잊니?" 개구리도 소리쳤다.

"큰개미핥기 말이야!" 귀뚜라미가 대답했다.

"큰개미핥기, 큰개미핥기⋯⋯. 그게 누구였지?" 곰과 메뚜기가 물었다.

귀뚜라미는 큰 소리로 설명해 주었다.

"오 맞아!" 동물들이 소리쳤다.

그러자 모두가 큰개미핥기가 누구였는지 다시 알게 되었고, 그를 생각하며 편지를 썼다.

> 큰개미핥기야
>
> 우리는 너를 잊을 수 없단다,
>
> 유감스럽게도.

큰개미핥기는 숲속 가장자리에 있는 관목 옆에서 편지를 읽었다.

달빛이 비치고, 그의 눈에서는 눈물이 흘러내렸다. 무슨 생각을 해야 할지 알 수 없었다.

잘 지내니

# 14

어느 날 아침 거북이는 불행하다는 생각이 들었다. 놀라서 등딱지 속으로 머리를 집어넣고 생각했다. 내가 왜 그런 생각을 하지? 내가 불행하다고? 난 전혀 불행하지 않아. 난 분명 행복한데.

그런데 거북이는 그런 생각을 할 때면 뭔가를 물어뜯고 싶은 느낌이 들었다. 의심이구나. 여전히 의문스럽기는 했다, 행복한지 아닌지.

다시 머리를 끄집어내고 다른 생각을 해 보려 했다. 그러나 생각할 게 딱히 생각나지 않았다. 어떤 때는 아주 행복한 것 같았고, 또 어떤 때는 아주 절실히 불행하다고 생각했다.

고개를 저었다가, 확신에 차 끄덕였다가, 그렇게 몇 시간 동안 같은 생각에 빠져 있었다.

오전이 다 지날 무렵 거북이가 앉아 있던 덤불을 딱정벌레가 지나갔다.

"안녕, 딱정벌레야." 거북이가 인사했다.

"안녕, 거북이야." 딱정벌레가 대답하며 잠시 멈추어 섰다.

"음…… 딱정벌레야, 내가 행복한 것 같니?" 거북이가 조심스레 물었다.

"글쎄." 딱정벌레가 대답했다. 그는 거북이 주위를 두 바퀴 돌더니, 거북이에게 등을 대고 누워 발버둥을 쳐 보라고 했다.

그런 다음 거북이를 머리 위 높이, 태양 가까이 들어 올렸다. 그는 눈을 반쯤 감고서 깊이 생각했다. 그리고 숨을

들이쉬었다.

딱정벌레가 거북이를 다시 아래로 내려놓고는 말했다.

"조금 행복하네. 넌 아주 조금 행복해."

"오, 그럼 불행한 건 어느 정도야?" 거북이가 물었다.

"그것도 조금. 거의 비슷하게 불행해."

거북이는 더 묻고 싶었지만 딱정벌레가 말했다.

"아니 그만. 나 지금 바빠서. 안녕."

딱정벌레는 서둘러 떠나 버렸다.

거북이는 오후 내내 덤불 앞에 앉아 생각에 잠겼다. 나는 그러니까 행복한 것도, 불행한 것도 모두 조금씩이라는 거지. 근데 조금이라면 어느 정도인 거야?

때때로 조금 배가 고프거나, 조금 덥거나 하는 게 어떤 건지는 알고 있었다. **조금** 덥다는 건 **꽤** 따뜻하다는 거야. 그럼 **꽤**가 **조금**하고 같은 건가? 조금 맛있게 먹었던 시든 민들레와 오래된 자작나무 이파리도 조금 쓰긴 했지.

해가 저물자 거북이는 눈을 감고 등딱지 속으로 머리를

잘 지내니

집어넣은 다음 뒤로 한 발짝 기어가선 잠이 들었다.

그날 밤 거북이는 꿈에서 구름이 되었다. 아주 칠흑같이 새까만 구름. 그리고 비를 뿌렸다. 부드럽고 친절하게가 아니라 세차게 후려치는 비. 땅에서는 코끼리가 커다란 눈으로 위를 올려다보며 외쳤다. "이렇게 거센 비가 내린 적은 한 번도 없었어!"

거북이는 더 이상 내릴 게 없어질 때까지 계속 비를 뿌렸다. 그러고는 잠에서 깨어났다.

해가 뜨고 하늘은 파랬다. 다행히도 거북이는 자신이 행복했는지 불행했는지, 얼마나 행복했는지 얼마나 불행했는지에 대해 더 이상 생각하지 않았다.

거북이는 덤불에서 나와 등딱지를 닦기 시작했다. 귀뚜라미가 생일선물로 주었던 나뭇가지, 솔 그리고 경첩으로 이루어진 발명품으로.

이제 깨끗해졌네. 잠시 후엔 이렇게 생각했다. 분명히 알 수 있었다.

해가 빛을 내뿜으며 숲 위로 떠올랐다. 거북이는 걷기 시작했다. 저녁이 오기 전에 다다르고 싶은 미나리아재비가 저 멀리 보였다.

잘 지내니

# 15

어느 날 고슴도치가 모든 것이 절망스러운 나머지 등에 나 있는 가시를 모두 뽑아 버렸다.

"되는 일이 하나도 없어!"

라임 나무 아래에서 하얗게 질려 덜덜 떨면서 고슴도치가 외쳤다.

늦가을 차가운 날씨였다. 바람은 앙상한 나뭇가지 사이로 날카로운 소리를 내고, 강에서는 파도가 높이 솟구쳤다. 까마귀는 깃털에 몸을 푹 파묻고서 참나무로 내려앉았고, 다람쥐는 목에다 꼬리를 단단히 둘렀다.

고슴도치는 뽑아 버린 가시를 손에 들고 그렇게 숲 한복판에 서 있었다.

"왜 진작 몰랐을까. 이럴 줄 알았어야지." 고슴도치는 누구도 아닌 자신을 원망하며 말했다.

다람쥐가 그렇게 서 있는 고슴도치를 보고 문 밖으로 나와 외쳤다.

"고슴도치야! 대체 무슨 일이 있었던 거니?"

"이럴 줄 알았어야 하는데."

"뭘 알았어야 하는 거니?"

"이만큼이나 절망의 나락으로 떨어질 거라는 사실."

"얼마나 떨어진 거니?"

털이 없어진 하얀 피부에 작고 빨간 점들이 생겨나고 입술은 점점 더 새파래졌다. 고슴도치는 힘없이 몸을 움직여 보려고 했지만, 말조차 나오지 않았다. 다람쥐는 너도 밤나무에서 내려와 그에게로 다가갔다.

잘 지내니

"너무 후회돼. 난 여전히 반도 알지 못하잖아!" 다람쥐가 앞으로 다가오자 고슴도치가 말했다.

"고슴도치야, 대체 왜 그러는지는 몰라도, 이대로 계속 있을 수는 없지 않니?" 다람쥐가 물었다.

"그렇지, 내 말이 그 말이야."

고슴도치는 고개를 숙이고 마치 기어 들어가고 싶다는 듯 땅만 바라보았다.

"이런 네 모습은 처음이야." 다람쥐가 말했다.

"가시가 없는 이런 모습 말이니, 아니면 이렇게 절망적인 모습 말이니?" 고슴도치가 물었다.

"둘 다. 게다가 이렇게 슬퍼하다니." 다람쥐가 대답했다.

"그렇지, 오랫동안 나도 몰랐던 내 모습이야. 정말 끔찍해." 고슴도치가 말했다.

눈이 내리기 시작했고 다람쥐는 고슴도치에게 자기 집으로 가서 몸을 좀 녹이자고 했다.

"그래 좋아." 고슴도치가 순순히 대답했다.

다람쥐의 집에서 차를 마시는 사이, 밖에서는 눈보라가 몰아치기 시작했다. 그리고 어두워지자 다람쥐는 조약돌에 관한 슬픈 이야기를 들려주었다. 놀랍게도 고슴도치는 무척 행복해졌다.

늦은 저녁, 다람쥐는 고슴도치의 등에 가시를 하나하나 다시 심어 주었다.

"오늘 저녁엔 여기 있어." 다람쥐가 말했다.

"그럴 생각은 아니었는데." 고슴도치는 한숨을 쉬듯 말했다. 그리고 잠들기 전에 다람쥐의 소파에 누워 뭔가를 또 이야기했다. "어쩌면 생각했던 것만큼 절망의 나락으로 멀리 떨어져 버린 건 아닐지도 몰라."

"잘 자." 고슴도치의 말이 무슨 의미인지 더 이상 알고 싶지 않은 다람쥐가 대답했다.

## 16

나이팅게일이 벽 뒤에 숨어 생일을 자축했다.

나는 너무 못생겼어. 나이팅게일은 생각했다. 머리를 깃털에 파묻고 자신이 아무것도 아닌 존재라고 생각했다.

누군가 다가오는 소리라도 들리면 외쳤다.

"벽 너머로 선물만 던져 줘."

"축하해, 나이팅게일!" 찾아온 친구들도 외쳤다. 그리고 선물을 벽 너머로 던져 주었고, 나이팅게일이 풀어 볼 때까지 기다렸다.

잘 지내니

"음, 그래, 좋은 선물이네. 고마워." 나이팅게일은 선물을 풀어 볼 때마다 매번 이렇게 말했다.

그리고 벽 너머로 모두에게 케이크를 던져 주었다. 저녁이 되자 벽 이쪽 편에는 선물에 둘러싸인 나이팅게일이, 저쪽 편에는 나머지 동물들이 앉아 있었다.

"내 생일 즐겁니?" 나이팅게일이 물었다.

"그럼." 동물들은 부리나 입에 묻은 부스러기를 털어 내며 대답했다. "우린 기다리고 있어."

그들은 서로 작은 목소리로 이야기했다. 그들의 눈이 반짝거렸다.

완전한 어둠이 찾아오자 나이팅게일이 노래를 시작했다. 동물들은 숨죽여 노래를 들었다.

나이팅게일이 노래했다. 아주 오래전, 날개가 있어서 천천히 펄럭이며 하늘을 날다가 결국 다시는 지지 않게 된 태양에 대해 노래했고, 밤마다 강에 나와 수영하던 달에 대해 노래했다.

동물들은 머리를 숙였다. 나이팅게일의 노래는 마치 살아 있는 것 같았고, 벽을 넘어 자신들 머리 위에서 둥둥 떠다니는 것 같았다.

태양의 날개도 보이는 것 같았다. 어딘가 날개를 놓아두고 잊어버려서 매일 하늘 높이 떠올라 날개를 찾아다니는 것도, 세상 아래 어둠 속에 숨어 있는 것도 눈에 보이는 것 같았다. 타는 듯 간절했으나, 태양은 끝내 날개를 찾지 못했다.

그리고 강에서 수영하는 달도 보았다. 밤마다 하늘에 떠올라 태양을 돕던…… 달은 더욱 밝게 비추기 위해 계속해서 높이 수영했다.

갑자기 노래가 멈췄다.

"자, 이제 내 생일은 끝났어. 안녕." 나이팅게일이 말했다.

그는 다시 스스로 아무것도 아니라 생각했고, 깃털 속으로 머리를 감추었다.

동물들은 나이팅게일에게 고마움을 전하고 집으로 돌

86                    잘 지내니

아갔다. 이따금씩 한숨을 내쉬기도 했고, 나이팅게일이 금방 또 생일을 맞거나 뭔가 축하할 일이 있으면 하고 바라기도 했다. 알 수 없는 일이지. 동물들은 머리를 저으며 생각했다.

# 17

다람쥐가 실의에 빠진 채 문 앞 나뭇가지에 앉아 있었다. 날씨가 나쁘거나 아무도 지나가지 않는 날이면 느끼는 사사로운 감정이었다. 언젠가 개미가 말해 주었다. 그런 감정을 **실의에 빠졌다**라고 한다고.

흐린 날이었으나 다람쥐는 안으로 들어갈지 말지 결정을 내릴 수 없었다. 그는 문 옆에 있던 자작나무 껍데기를 집어 들고 편지를 쓰기 시작했다. "친애하는"이라고 쓰고는 멈췄다. 친애하는 누구? 아무도 생각나지 않았다. 한숨

잘 지내니

을 쉬고는 계속 써 내려갔다.


친애하는……

나도 한 번쯤 해 보고 싶은데


더 이상 쓸 수 없었다.

실의에 빠지고 낙담하면 늘 그랬다. 무엇을 하고 싶은지 조차 알지 못했다.

산들바람에 편지가 날아가 길가 나무 사이에 걸려 흔들렸다.

다람쥐는 다시 한숨을 내쉬었다. 하늘이 어두워졌다. 콧등에 굵은 빗방울이 떨어졌다. 그럴 줄 알았어. 다람쥐는 어깨를 떨구었다.

꼭 비가 와서 그런 게 아니라, 계속 어둡고 쌀쌀해서 다람쥐는 점점 더 실의에 빠져들었다. 이렇게 실의에 빠졌던 적은 없었던 것 같아. 왠지 그 생각이 잠시나마 만족감을 주었지만 그것도 그리 오래가지는 않았다.

　오후 끝 무렵, 나뭇가지에 걸려 있던 편지가 날려 왔다. 나한테 보내려고 했던 편지는 아니었는데. 다람쥐는 우울했다. 그래도 다시 편지를 열어 보았다.


　　친애하는……

　　나도 한 번쯤 뭔가 해 보고 싶은데


　그리고 다시 읽어 보았다.

　한 번도 본 적 없는 짜증이 넘치는 글씨체였다.

　편지를 위로 들어 비춰 보았다. 그리고 모든 글자를 만져 보았다. 그래도 무슨 생각을 해야 할지 알 수 없었다. 고래나 코끼리, 두꺼비, 제비 혹은 지렁이가 쓴 편지가 아니라는 것만큼은 분명히 알 수 있었다.

　정말 알 수 없는 편지였다. 무슨 말을 하려고 했을까? 그리고 "친애하는" 누구였을까?

점점 모호해졌다. 다람쥐는 머리를 저었다. 뭔가 아주 특별한 것을 떠올려 봤으면 좋겠다고 생각했다. 뒤를 돌아 보았다. 아주 특별한 것을 떠올려 보고 싶은 낯선 누군가 가 서 있는 것 같은 느낌이 갑자기 들었다.

다시 콧등에 빗방울이 떨어졌다. 그리고 한 방울 더. 제 대로 비다운 비가 내리기 시작했다. 다람쥐가 자리에서 일 어났다. 오늘은 완전히 공친 날이 되는 건가? 다람쥐는 생 각했다. 그리고 조만간 개미에게 공친 날이 정확히 어떤 건 지 그리고 다른 날들은 어떤지 물어봐야겠다.

다람쥐는 집 안으로 들어갔다. 그리고 문 입구에 서서 뒤를 돌아보며 소리쳤다. "어어이!"

넌 절대 모를 거야. 그는 생각했다.

잠시 정적이 흘렀다. 그때 바다 저 건너편일 것 같은 아 주 먼 곳에서 작게 떨리는 목소리가 들려왔다.

"나도 어어이!"

다람쥐는 고개를 끄덕였고, 갑자기 훨씬 덜 실의에 빠

진 것 같았다. 집으로 들어가 부엌 선반 앞으로 다가갔다. 배가 고프군. 좋은 느낌이었다. 맨 위쪽 선반에 너도밤나무 열매를 넣어 놓은 큰 항아리가 있었기 때문이다.

## 18

어느 날 다람쥐가 사막을 걷고 있었다. 몹시 목이 말랐지만, 오히려 만족스러웠다. 최소한 여기가 사막이라는 건 확실히 알게 해 주었으니까.

그러나 머지않아 이런 생각도 들었다. 퓨, 나 여기서 뭐 하는 거지?

오후가 다 지날 무렵이 되어서야 동굴에 다다랐다. 거기서 뭔가 시원한 걸 찾아보려고 했다. 어두운 동굴 한쪽 구석 식탁에 카멜레온이 앉아 있었다.

"환영해." 카멜레온이 친절하게 말했다.

"나 너무 지쳤어." 다람쥐가 대답했다.

"잘됐다. 여기 모과도 있어. 우선 좀 앉아 봐." 카멜레온이 말했다.

"모과는 별로 생각 없어." 다람쥐가 대꾸했다.

"음, 뭐 그렇다고 나쁜 상황은 아니야. 그럼 뭐가 생각나니?"

"물."

"좋아, 가능해. 어떻게 마실래? 끓여서, 튀겨서, 아니면 우박으로, 눈으로, 얼음으로, 콸콸 아니면 증발시켜서?"

"그냥 물."

"그것도 가능하지."

카멜레온은 동굴 뒤쪽 문을 열고 나가더니 잠시 뒤 물 한 방울을 담은 양동이를 가지고 돌아왔다.

"그냥 물이야." 카멜레온이 다람쥐 앞에 양동이를 내밀었다.

"이게 다야?" 다람쥐가 물 한 방울을 삼킨 후 물었다.

"넌 가끔 물을 많이 마셔야 되니?" 카멜레온도 물었다.

"응, 아주 많이!" 다람쥐가 대답했다.

"아, 난 몰랐어."

카멜레온은 다시 동굴 문을 열고 밖으로 나갔다. 잠시 후 그가 돌아왔다. 동굴 문으로 들어온 커다란 파도 위에 앉아서. 다람쥐는 물에 잠겼다.

"자 여기, 물 많이 달라고 했지." 카멜레온이 파도에 너울거리며 말했다.

다람쥐는 머리를 물 위로 치켜들고 숨을 깊게 쉬었다.

"맛있니?" 카멜레온이 물었다.

"아주 끝내준다." 다람쥐가 대답했다. 그는 잠수를 해가며 물을 마시기 시작했다. 그리고 큰 파도를 전부 다 마실 때까지 계속 들이켜 댔다.

"다 마셨어." 다람쥐가 말했다.

"좀 더 마실래?" 카멜레온이 물었다.

"아냐, 됐어. 정말 맛있었어." 다람쥐가 대답했다.

"그럼 뭐 다른 거 줄까?"

"아냐, 나 이제 너무 배불러."

"정말 괜찮아?"

"정말 괜찮아."

"다른 건 하나도 필요 없어?"

"다른 건 하나도 필요 없어."

"구운 너도밤나무 열매도 싫어?"

"정말 괜찮…… 음…… 그럼…… 네가 그렇게 계속 물어본다면……."

카멜레온은 다시 그 문으로 사라졌다가 구운 너도밤나무 열매가 담긴 접시를 가지고 돌아왔다.

"자, 구운 너도밤나무 열매." 카멜레온이 말했다.

"우와." 다람쥐는 기뻐서 눈빛이 반짝였다.

"저 문 뒤에는 뭐가 있니?" 다람쥐가 너도밤나무 열매를 먹으며 물었다.

"파라다이스. 보고 싶니?" 카멜레온이 말했다.

그가 문을 활짝 열어 젖혔다.

"파라다이스. 자 봐!"

폭포와 야자나무가 있는 정원이 보였다. 여기저기 햇빛이 드리우고, 부드럽게 빛나는 달빛이 퍼지고, 부드러운 흰 구름이 떠다니고 있었다.

그날 저녁, 다람쥐가 들어간 곳은 파라다이스였다.

다람쥐는 왠지 조심해야 할 것 같았다. 그러지 않으면 다 잊어버릴지도 몰라.

"날씨 참 좋다, 그렇지?" 카멜레온이 말했다.

"그렇네." 다람쥐가 대답했다.

파라다이스에 산들바람이 불어왔다. 햇빛이 비치는데도 부드럽게 비가 내리는 것 같았다. 눈이 보이는 곳도 있었다. 야자나무 아래 연청색 호수를 따라 갈대 사이로. 그리고 이제 천둥번개가 쳤다.

"아름답지?" 카멜레온이 물었다.

"응." 다람쥐는 카멜레온을 따라가며 대답했다.

"아우." 갑자기 다람쥐가 소리쳤다. 발을 헛디딘 것이다.

"엉겅퀴네." 카멜레온이 말했다. "안됐다. 어디 다친 데 있니?"

"아니." 다람쥐가 말했다. 그렇지만 파라다이스에 엉겅퀴가 있다는 게 썩 마음에 들지는 않았다.

잠시 후 다람쥐는 숨어 있던 돌에 걸려 발을 헛디뎠고, 쐐기풀 밭에 떨어지기도 했다. 오래 지나지 않아 집이 그리워졌다.

"집에 가면 되지. 저쪽 모퉁이를 돌면 네가 사는 곳이야." 카멜레온이 말했다.

아주 가파른 모퉁이를 돌자, 다람쥐는 갑자기 다시 숲속에 서 있었다.

아, 개미는 내 말을 믿지 않을 거야. 다람쥐가 생각했다. 차라리 아무 말도 하지 말자. 어쨌든 난 파라다이스를 경험했으니까. 어쩌면 이미 종종 경험하고 있었던 건

아닐까?

　다람쥐는 집으로 돌아갔다. 이미 밤이 되었고, 집 앞에
도착하기도 전에 잠들어 버렸다.

잘 지내니

## 옮긴이의 말

이야기는 외로운 다람쥐로부터 시작된다. 그리고 '있는 그대로의 나'의 가치를 생각하는 하마와 메뚜기, 매너리즘에 빠진 흰개미와 절망에 빠진 큰개미핥기에게 손길을 내미는 이해심 깊은 친구들의 에피소드로 이어진다.

현실은 그렇지 못 할지라도 행복한 상상을 통해 오늘을 치유해 보려는 긍정의 힘이 지닌 가치를 톤 텔레헨은 들여다본다. 남들은 모를지라도 스스로 만들어 가는 소소한 행복의 의미, 내일의 만족을 위해 오늘의 행복을 미루지 않는 주체적 자아에 천착한다. 그리고 혼자가 아닌 사회적 관계에서 위로와 위안이 갖는 힘을 능동적으로 찾아내려 한다. 아! 이건 우리가 간과해 온 소통과 공감의 위력!

작가가 들려주는 다양한 동물 군상의 이야기를 읽고 있다 보면 우리의 이야기와 다를 바 없기에 애처롭고 쓸쓸한 느낌이 들 때도 있지만 책을 덮을 즈음이면 내면에서 왠지 모를 따뜻한 용기가 조금씩 샘솟는 걸 느끼게 된다. 인지하지 못했을 뿐, 행복의 풍경을 좇으려 하는 우리의 일상 한켠에 이미 '파라다이스'가 존재하고 있었는지도 모른다는 사실을 비로소 깨닫게 된다. 이어서 친구에게, 가족에게 짧지만 깊은 메시지를 보내는 나를 발견하게 될 것이다. 요즘 잘 지내고 있니?

2018년 초겨울

정유정

**옮긴이 | 정유정**

한국외국어대 네덜란드어과와 네덜란드 레이던 대학교에서 공부한 후 네덜란드교육진흥원을 거쳐, 현재 주한 네덜란드대사관에서 일하고 있다. 옮긴 책으로 『코끼리의 마음』, 『잘 지내니』, 『잘 다녀와』가 있다.

**그린이 | 김소라**

대학원에서 그림책 만들기를 배웠다. 오래도록 지속 가능한 그림 그리기에 대해 고민하고 있다. 그린 책으로 『있잖아, 누구씨』, 『고슴도치의 소원』, 『코끼리의 마음』, 『잘 지내니』, 『잘 다녀와』 등이 있다. instagram.com/raso0000

## 잘 지내니

1판 1쇄 발행  2018년 12월 1일
1판 2쇄 발행  2019년  1월 9일

**지은이** 톤 텔레헌  **옮긴이** 정유정  **그린이** 김소라
**펴낸이** 김영곤  **펴낸곳** 아르테
**문학사업본부 본부장** 원미선
**책임편집** 양한나  **디자인** 김형균
**해외문학팀** 손미선 정혜경 임정우 이현정
**문학마케팅팀** 정유선 임동렬 조윤선 배한진  **문학영업팀** 권장규 오서영
**해외기획팀** 임세은 이윤경 장수연  **홍보팀장** 이혜연  **제작팀장** 이영민

출판등록 2000년 5월 6일 제406-2003-061호
주소 (우 10881) 경기도 파주시 회동길 201(문발동)
대표전화 031-955-2100  팩스 031-955-2151
ISBN 978-89-509-7848-8 04890
ISBN 978-89-509-7846-4 04890 (세트)

아르테는 ㈜북이십일의 문학 브랜드입니다.